MARTHE DEFOSSE DE LIBERMONT

AU LOIN

1914-1916

PRÉFACE
D'ÉMILE VERHAEREN

ÉDITION ILLUSTRÉE
DE 24 PAYSAGES DE LEYSIN
PAR LOUIS-VAUX

PARIS
ÉDITIONS D'ART ÉDOUARD PELLETAN
R. HELLEU, LIBRAIRE-ÉDITEUR
125, boulevard Saint-Germain

1916

AU LOIN

1914-1916

IL A ÉTÉ TIRÉ DE CET OUVRAGE :

600 exemplaires sur papier vergé teinté.

plus : 10 exemplaires sur Japon Impérial numérotés de 1 à 10.

et 20 exemplaires sur Japon Impérial, hors commerce, numérotés de I à XX.

N° 221

MARTHE DEFOSSE DE LIBERMONT

AU LOIN

1914-1916

PRÉFACE
D'ÉMILE VERHAEREN

ÉDITION ILLUSTRÉE
DE 24 PAYSAGES DE LEYSIN
PAR LOUIS-VAUX

PARIS
ÉDITIONS D'ART ÉDOUARD PELLETAN
R. HELLEU, LIBRAIRE-ÉDITEUR
125, boulevard Saint-Germain

1916

Au Docteur M. JAQUEROD

En reconnaissance.

PRÉFACE

Celle qui signa ces poèmes, habite les montagnes alpestres pour y recouvrer la santé dans l'air froid et la neige. Elle s'y entoure comme d'une sorte de lucidité mélancolique.

La solitude lui est une éducatrice précieuse et grave.

Dès l'enfance elle cultiva les lettres. Un de ses parents, qui est à cette heure un de nos plus grands auteurs dramatiques, lui fut attentif et bienveillant. Il s'intéressa à l'œuvre naissante de sa nièce. Certes en a-t-il pressenti la tendresse et l'acuité.

Ce sont en effet ces qualités, dont l'union est chose rare, qui distingue ce petit livre de tant d'autres recueils.

D'ordinaire, la vie dans la montagne, l'hiver, est comme absente de celle du reste de la terre. Mais, en ces années de guerre âpre et formidable, comment pourrait-elle renoncer à l'universelle angoisse ?

D'autant que des soldats malades ou blessés montent, là-haut, eux aussi pour respirer et pour guérir. On y parle du pays lointain, des champs de bataille d'en bas, en Champagne, en Artois ou en Flandre.

AU LOIN

Avec toute la pénétrance que les malades mettent dans leur amour, la Patrie y est célébrée mieux qu'ailleurs.

Il y a là-haut toute une France souffrante, qui craint, rêve, veut, espère.

Elle possède une manière plus pathétique de sentir, elle y apporte une âme plus affinée et plus subtile, elle s'émeut plus qu'une autre parce qu'elle est plus constamment voisine de la douleur.

Les poèmes de ce petit livre ne sont que les échos rassemblés des battements d'un cœur. Ils ne sont que notations rapides, mais combien aigües.

Une main pâle et fiévreuse les présente au lecteur.

AU LOIN

A lui de s'en souvenir plus, les goûter, les retenir et les aimer.

Emile VERHAEREN

Paris, 24 Juillet 1916.

De Paris à Leysin.

1er août 1914.

PROLOGUE

L'employé referma d'un coup sec la portière,
Un train partant grinça dans le jour assombri,
Et je vis s'effacer les dernières lumières,
De Paris.
Et tandis que là-bas au fond du Crépuscule
S'attristent les échos des récents Au revoir,

AU LOIN

Angoissant inconnu : « Demain » se dissimule
Dans le soir.

. . . .

. . . .

. . . .

Nets dans l'aube grise
Quelqu'un jeta ces mots : La France mobilise !
O phrase de clarté, sur le matin nouveau,
Tes syllabes claquaient dans l'air
comme un Drapeau ;
En nos cœurs se dressa la Haine repliée,
Qui sommeillait en nous vivante, inoubliée !
Le soleil se levait derrière l'horizon,
Et de ses champs d'espoir nous jetant la moisson,
Il joncha d'épis d'or, le jour fier qui commence ;
J'en pris un, Et je te quittais, O sol de France.

I

8 août 1914.

Dans la nuit bleuissante,
Sur la montagne respirante,
Je vois au loin le Rhône, miroir de métal,
Réfléchir les clartés du soir occidental,
Et la nature exhale, en caresse embaumée

AU LOIN

Dans l'éther vaporeux,
La brise du Léman tièdement parfumée,
Aux jardins de Montreux.

. . . .

Le Sanatorium s'illumine à cette heure,
Des groupes dans le parc s'en vont, las, dispersés,
Et l'étrange demeure,
En ses murs oppressés
De silence,
S'enveloppe d'une douceur
Afin de prendre du bonheur :
L'apparence.
« Etres fantomatiques ! O tristes passants,
Qui glissez dans la nuit vos gestes languissants,
Corps chétifs que le mal ne cesse de poursuivre,
Vous montez jusqu'ici pour essayer de vivre ! »

. . . .

. . . .

AU LOIN

Ce soir hélas, dans l'air subtil,
Je ne respire plus qu'un lourd parfum d'exil,
Et je recherche en vain les fraîcheurs infinies
Qui depuis cinq années me conservent la vie.

II

15 août 1914.

Par ma fenêtre ouverte,
La vie et la clarté entrent à pleins rayons,
Des lumières volent, comme des papillons,
Sur la montagne verte,
Et voici le soleil, qui dans le matin pur,
Remonte les degrés de l'escalier d'azur.
France ! Ton cœur détient les lueurs de ce monde,
Qui partout se dispersent en poussière blonde,
Et je crois aujourd'hui, dans mon sublime amour,
Que tu es sur la terre, l'image du jour.

III

5 septembre 1914.

La force entière de ma vie est condensée
En un seul désir en une seule pensée :
Savoir
Ce qui derrière ces monts noirs
Se décide ;
Angoissée, j'interroge l'horizon livide,
Où les brumes du soir comme un voile de deuil,
Etendent jusqu'à moi les ombres des cercueils.!

IV

6 septembre 1914.

Une angoisse m'envahit toute !
Dans mon esprit,
Passe parfois, bref comme un cri :
Le Doute.....
Dans le vide muet, mes yeux
Scrutent le présent anxieux,
Nul reflet dans ma solitude,
Plus rien ne luit
Sur l'abîme, où plane aujourd'hui
L'inquiétude.

V

8 septembre 1914.

Mon cœur,
Possède une douleur,
Si grande et si profonde,
Qu'elle peut contenir le désespoir d'un Monde.
Quels lendemains troublants,

AU LOIN

Se dessinent aux bords de l'horizon sanglant ?
Dans le silence, j'écoute et j'écoute encore,
Tandis que les couchants succèdent aux aurores ;
Parmi les voix confuses de l'immensité,
Voulant démêler celle de la Vérité,
J'attends éperdûment qu'une rumeur s'élève,
Et vienne dissiper l'Horrible de mon rêve.

VI

12 septembre 1914.

Un hurlement de joie a traversé la nue !
Rien malgré la distance ne le diminue,
Flèche de lumière ! Bonheur !
Que je reçois en plein cœur
Dans un éblouissement d'Espoir qui m'enivre,
Je ne sais si je vais en mourir ou revivre.

VII

13 septembre 1914.

LA MARNE

Le jour s'était levé, banal et monotone,
Simplement précurseur, des grisailles d'automne,
L'azur aux yeux ternes, alourdis de sommeil,
Laissait filtrer à peine un reflet de soleil,
Et pourtant, ce jour allait être,
Le plus vertigineux, que l'on devait connaître !
Soudain !
En un saisissement, je perçus au lointain,
Les clameurs étranges d'une Voix surhumaine,
Dont l'écho grandissant bondit de plaine en plaine;
Un bouleversement transforma le décor,
La toile ensanglantée du ciel crépusculaire,
Vision fantastique ! tomba sur la terre

AU LOIN

En recouvrant le sol d'un monceau d'ailes d'or ;
Et je compris, devant les Monts casqués de gloire
Dans l'émerveillement du Désir exaucé,
Que la Victoire
Au ciel de France avait passé !

. . . .

. . . .

Le cri de délivrance de toute une Race,
Des ténèbres sans fond remonte à la surface !
Dans un torrent de joie, en moi tout disparaît !
C'est la Vague irrésistible qui tout entraîne :
Souffrances ! Larmes vaines !
Amertume ! regrets !
Car la félicité dont mon âme est emplie,
Me fait tout désormais pardonner à la vie.

VIII

15 septembre 1914.

L'Aurore ce matin vêtue de nuées roses,
Essaye déjà sa robe d'apothéose,
La montagne frissonne sous un vent d'orgueil
Qui dissout dans l'éther les nuages de deuil,
Et le soleil dont ma patrie s'embrase toute,
A l'Aube comme du sang tombe goutte à goutte.

. . . .

Sur un coursier divin que rien ne retiendra
France ! tu vas monter si Haut que tu voudras ;
Symbole d'Harmonie !
Tu défends l'Univers en défendant ta vie ;
Ta gloire au firmament jette un éclat si pur,
Qu'elle fait baisser même les yeux de l'azur.
A l'horizon ruisselle

AU LOIN

La première clarté
D'où va naître l'universelle
Liberté.

. . . .

Et sous le ciel ami de la Suisse française,
Tous les gamins vaudois sifflent la Marseillaise !

IX

20 septembre.

Malades aux doigts blancs,
Penchés aux terrasses tels des lys indolents
Dont les corolles sont déjà presque fanées,
Sur la tige amincie de vos jeunes années,
Vers quel Rêve, ou vers quel Espoir
Sont tournées vos prunelles
Qui semblent voir,
Clair dans le noir,
Des choses éternelles ?
Ce rêve qu'inlassablement
Nous paraissons poursuivre,
Est simplement :
Vivre !

X

septembre.

Lac attristé
Qui dans la prison de tes rives,
Sous la garde jalouse des roches massives
Rêve de liberté,
Ton âme sensitive

AU LOIN

A déjà reflété
Dans ce jour qui recule,
Les derniers spasmes de clarté
Du souffrant crépuscule.
Maintenant dans le soir
Enclose,
Ton eau pensive absorbe tout le noir
Des choses,
Et tu t'es confié
Lac triste ! qui sommeille
A ces géants pétrifiés
Qui te veillent.

. . . .
. . . .

Fantôme d'un lac mort
Trouble comme un remords !
Paysage d'un Ancien Monde !
Chaos figé

AU LOIN

Que sous la lune blonde
Nos pas humains ont dérangé,
Au fond du lourd silence où s'égrènent les heures,
En vos regards éteints
Où demeure
L'Enigme des Destins,
Sphinx de pierre !
Farouches, vous gardez le secret de la Terre !

XI

Hier !

Par un matin sensible et clair,
Où le ciel attendri, veut pour une seconde,
Alléger la douleur du Monde ;
Hier ! sous l'azur velouté,
Où le soleil frivole,
Essayant d'égayer nos âmes dans l'été,
Glissait des anneaux d'or
aux doigts frais des corolles,
J'ai rencontré sur mon chemin,
Où déjà le vent froid de fragiles Demains
Se lève,
Revêtu d'un visage humain
Mon Rêve.

XII

3 octobre.

. . . .
. . . .

Je poursuivais ma route d'un pas plus tremblant
D'avoir vu soupirer un pauvre à cheveux blancs !
Soupir immense qui pénètre
Au plus profond de l'être,
Et cherche à soulever tout le poids du Malheur !
Corps flétri dont jamais le chagrin ne s'évade,
Il passait courbé, las, songeur,
Dans la rue où la pluie pose une senteur fade ;
...Et près de ce vieillard falot,
Aux yeux brouillés de pleurs enclos,
Mon âme prise d'une tristesse soudaine
A frôlé tout entière la Douleur humaine.

XIII

21 octobre.

O vous tous ! qui jadis laissiez tomber vos pleurs.
Sur des peines informulées,
Si vous sentez enfin ! ce qu'est la vraie Douleur,
Vous n'avez plus assez de larmes en vos cœurs
A répandre devant l'immense Mausolée,
Pyramide des joies humaines écroulées !

XIV

2 novembre.

. . . .

. . . .

Dans la pourpre sanglante du couchant vermeil,
La montagne est drapée
Et scintille au soleil
Ce soir, comme une épée !
Sur les arbres dorés, le feuillage roussi
Tressaille doucement dans l'éther adouci,
Et le ciel parsemé de fleurs incandescentes,
A transformé l'azur en une plaine ardente ;
Cependant vous n'aurez été,
Sur le visage
Du paysage
Qu'un mirage

AU LOIN

O clartés !

La Nature est parfois trop férocement belle,
Puisque sa vue pour nous ne peut être éternelle.

XV

8 novembre.

A cette heure le ciel vermeil,
Que la mort lente du Soleil
D'un peu de tristesse environne,
Pose encor ses reflets sur les jonchées d'automne.

AU LOIN

Et les feuilles tombent dans le soir qui descend,
Larges gouttes de sang,
Répandues sur la Terre où le Soleil flamboie,
Venant lui reprocher sa Lumière de joie.

Ainsi que des bonheurs finis,
Les branches noires se dénudent
Tout le long des sentiers jaunis,
Où respirent nos Solitudes.

XVI

28 novembre.

Malade condamné,
Dont le dernier printemps hier déjà s'est fané !
O silhouette mince,
Que Novembre toujours plus de ce monde évince,
L'espoir de guérison
Te quitte à mesure qu'avance la saison ;
Dans ta chambre un rayon s'insinue nostalgique,
Pâle comme tes joues défleuries de phtisique,
Et dans l'air, que l'automne a mélancolisé
De son odeur de feuilles mortes,
Fantôme noir devant ta porte
L'Inexorable s'est posé !

XVII

29 novembre.

« Ephémères » !

Vous tous de qui le Mal a brisé la Chimère,
Et que l'ombre attirante effleure de sa main
Vous ne pouvez prévoir que de courts lendemains,
Et plus d'un parmi vous a peur que tout s'achève,
Sans qu'il ait exprimé son Idée ! et son Rêve !

XVIII

5 décembre.

Les troupeaux ont frémi sur les monts d'émeraude,
Car voici dans l'air bleu, le vent d'hiver qui rôde,
Aux pacages frileux, ils enlèvent encor,
Avant de les quitter, quelques brins d'herbe d'or.
Puis ils descendent vers la plaine,
Où jusqu'à la saison prochaine
Ils rêveront aux coteaux verts,
Que leur a dérobé l'Hiver !
Leurs sonnailles tintinnabulent,
Ce soir plus tristement, dans l'air du crépuscule,
Alourdi de regret, leur pas se fait plus lent
Sur les chemins couverts
des premiers flocons blancs.
. . . .

AU LOIN

Les prairies savoureuses,
Nues, sous un lourd manteau de neige et de grésil,
Vont rester appuyées aux cimes montagneuses,
Dans un endormement jusqu'au prochain Avril.
Lorsqu'au fond de notre âme
où l'Hiver blanc se lève
Ont neigé les douleurs,
Nul printemps ne nous rend les fleurs
Qui sont tombées jadis sur les prés de nos rêves !

XIX

19 Décembre.

Il neige ! et les flocons voltigent,
En un blanc tourbillon,
Comme des pétales envolés de leurs tiges
Ou des ailes de papillons,
Les branches plient dans les allées

AU LOIN

Sous un lourd manteau de blancheur,
Neige pesante au front de l'arbre accumulée
Ainsi que d'humaines douleurs.
La nature frissonne,
Sous un vent aigre et dur,
Qui sans égards chiffonne,
La robe de l'Azur !
Dans le grelottement des choses,
Un vol éloigné de corbeaux,
Semble être la Métamorphose,
Du Noir qui monte des tombeaux ;
Crêpe de deuil qui se déploie
Dans l'immensité claire, où notre âme se noie,
Ombres se profilant,
Plus funèbres encor parmi le désert blanc !

XX

22 décembre.

Lorsque par un soir attristé,
Je me laisse entraîner pensive
Au Labyrinthe sans clarté
Des souffrances définitives,
Alors quelquefois m'apparaît,
Lumineuse
Dans le cortège des regrets,
Quelque Muse compatissante,
Qui m'apporte la joie d'un vers nouveau qui chante!

XXI

28 décembre.

Montagne grandiose !
Impassible Immobilité,
Qui répands sur les choses
Ta sérénité ;
Fragment d'ici bas qui demeure
A travers les saisons qui meurent,
Tu nous apparais tour à tour
Dans la lutte sans fin de la nuit et du jour.
Par les matins rosâtres
Où ton flanc répercute au loin le chant des pâtres,
Tes pics vermeils
Semblent saigner d'une blessure de Soleil,
Points d'or aux seins tendus de l'aurore nouvelle
Dont renaît chaque jour la jeunesse éternelle !

AU LOIN

Sommet de diamant !
Lorsque midi ruisselle au cœur du firmament
Tu n'as jamais senti dans ton âme de neige
Le moindre effleurement des vivants sacrilèges !
Dans les mailles du soir où glissent les Clartés,
L'ombre ne semble plus, aux pieds de ta Beauté
O nonchalante Reine !
Qu'un manteau dégrafé qui traîne ;
Mais une autre parure à cette heure te plaît,
La nuit d'argent t'a mis sa robe de reflets,
Et l'on croit voir en toi : Montagne immaculée,
Un fantôme debout, qui garde la Vallée !

XXII

31 décembre.

Lorsque les Autrefois,
En nos cœurs se lamentent,
N'écoutons pas leurs voix,
Faussement déchirantes !
De regrets inutiles, soyons déliés,
Puisqu'hélas ! en ce monde,
Nous avons reconnu la Vérité profonde,
Que les absents sont oubliés.

XXIII

2 Janvier.

Dans le matin qui luit
Limpide,
Le traîneau léger fuit
Rapide ;
Il effleure si peu le sol,

Que sa course est moins une glissade qu'un vol,
Et les grelots sonores
Egayent l'air glacé,
Qui semble rire encore,
Après qu'ils ont passé.

XXIV

5 janvier.

Tout tremble dans l'horreur de la tempête affreuse,
Où la terre exhale son âme douloureuse !
Tout tremble dans le Noir de cette nuit d'hiver,
Où l'Angoisse flotte dans l'air,
Où le Monstre sifflant de la rafale intense,
Dans l'Ombre sans reflets, terrifie le silence !
Des sapins arrachés
Par les mains du Vent sacrilège,
Ainsi que des morts dans la neige,
Sont couchés,
Et les cris de la Nuit semblent ceux d'une foule
Fuyant épouvantée devant les monts qui croulent.

. . . .

Les reflets d'un jour appauvri

AU LOIN

S'infiltrent, dans le ciel sans flamme,
Aussi désespérément gris
Que notre âme ;
Par un de ces mornes réveils,
Où privés de soleil,
Nous sentons glisser dans nos veines
Le froid de toutes les peines,
Un de ces matins attristés
Où douloureusement, nous manquent des Clarté

XXV

8 janvier.

La Lune ! visage troublant
Qui porte,
En son énigmatique blanc,
La pâleur de toutes les mortes,
Sur nous vient se pencher !

AU LOIN

Elle enveloppe le clocher,
Et l'Eglise,
D'un voile immatériel qu'elle fleurdelise
Vapeur claire d'un encensoir,
Qui blanchit l'épaule du soir ;
Et lorsque dans la nuit poudrée
Frémissent les cloches nacrées,
Leur tintement au sens profond,
A la lumière se confond ;
Irréelle harmonie qui dans l'ombre ne donne,
L'étrange illusion d'une lueur qui sonne ;
Eternelle apparence ! Insaisissable espoir
Que nous croyons possible,
Mais qui recule toujours au fond d'un miroir,
Inaccessible.

XXVI

12 janvier.

Soleil resplendissant ! O Roi des mondes bleus,
Sois béni, toi qui nous inondes
De tes rayons miraculeux,
En un ruissellement de chevelure blonde.
Tu diamantes de reflets
L'Hiver éclatant des sommets,
Et les plaines blanchies par la neige nouvelle,
Ne sont plus sous tes feux
que des prés d'étincelles ;
La Nature au Printemps, dans l'éther de cristal
Frémit sous ton baiser d'un frisson végétal,
C'est toi ! qui fais mûrir l'Eté le long des treilles,
Dans un éclatement de rubis : les groseilles,
Et si la nature est encor

AU LOIN

Superbe aux jours plus monotones,
C'est que tu mêles tout ton or,
Aux couleurs tristes de l'Automne.

. . . .

Soleil ! O toi qui viens par de tristes matins
Et qui parais sourire à nos mauvais destins,
Se peut-il qu'on exprime,
La Pitié qui s'épand de ton âme sublime ?
Nos regards éblouis
Se voilent sous l'ardeur des flamboyants midis,
Mais ta lueur sacrée, en nos yeux se condense,
Et nous ne voyons plus
que des points d'or qui dansent !
Pour avoir élevé souvent mes bras vers toi,
Un fragment de clarté, me reste au bout des doigts,
Lumineuse Parcelle,
Qui viendra m'éclairer dans mon ombre éternelle.

XXVII

15 Janvier.

Que m'importe où ma vie se passe,
Puisque j'ai devant moi l'Espace !
Puisque rien ne cache à mes yeux
Les Cieux !

AU LOIN

Que m'importe où ma vie s'achève,
Partout j'ai dans mon cœur
Un bonheur
Mes Rêves.

Aux prisonniers français malades
qui vont être internés en Suisse.

XXVIII

22 janvier 1916.

Sur le seuil noir des casemates
Que vos yeux soient désattristés !
O vous que la douleur marqua de ses stygmates,
Voici la Liberté !
Déjà le vent d'espoir enlève
La palissade haute où se blessaient vos rêves,
Et vous porte au lointain
Sous un ciel aussi pur que notre ciel latin.

XXIX

Janvier 1916.

L'ombre nocturne a fui, et l'Aurore attendue,
Soulevant peu à peu son masque de velours,
Sourit à l'air léger qui berce dans la nue,
Les premiers feux du jour,
Soldats ! l'astre joyeux vous réservait sa flamme,
Et quand l'éther vibra de claironnants accords,
O Pâleurs ! que la foule acclame,
Le soleil vous nimba d'une auréole d'or.

. . . .

Leurs Lassitudes infinies
Libérées de la Croix que dut porter leur Vie
En un martyre lent,
Vont s'endormir enfin, ce soir dans des lits blancs.

XXX

5 Février 1916.

Perle enclose
Dans l'air phosphorescent,
Entre le ciel obscur et les monts palissants
La lune s'interpose.

AU LOIN

Sur l'étendue de neige sa clarté se pose,
Et dans le paysage immobile et troublant
Où me semble anormal tout ce qui n'est pas blanc,
Une vapeur de lait semble sortir des choses.

Là-bas à ceux qui tombent sur nos champs sacrés
Va porter ton Adieu nacré
Lumière !

Et dans le funèbre décor
O fantôme lunaire,
Que ton linceul ardent couvre le front des morts !

XXXI

10 février 1916.

Le firmament sublime
Se penche sur les cimes
Comme au bord d'un balcon d'argent,
Et jette un regard indulgent
Sur toi ; Leysin ! qui te transformes
A la gaîté mouvante de nos uniformes!
Notre » Bleu d'Horizon »
Pose un fragment d'azur, le long de tes maisons,
Et l'immortel « Pantalon Rouge »,
Auprès des chemins blancs
semble un drapeau qui bouge.
Ces rires, cet entrain, ces cris joyeux dans l'air,
Dessinent un sourire aux lèvres de l'Hiver,
Ces fusantes paroles

Sont des morceaux de l'âme française qui vole !
Leysin ! sous ton ciel calme et doux,
Nous nous croyons enfin
dans un coin de Chez nous,
Puisque le Vent sonore,
Disperse dans nos cœurs un frisson tricolore !

XXXII

12 Février.

Heures de Fièvre,
Où je voudrais pouvoir
Vider à pleines lèvres,
La coupe de fraîcheur, que me verse le soir !

AU LOIN

Nuit lente,
Où le corps douloureux et las,
J'écoute une voix d'au delà,
Qui chante.....

Et la lune, dans le soir clair,
Effeuillant ses lys morts, éparpille dans l'air
Inquiétante,
L'harmonie de blanc qui me hante !

XXXIII

Février 1916.

Près des monts lumineux que le soleil émaille,
Glorieux exilés ! aujourd'hui vos prisons
N'ont enfin pour toute muraille
Que l'horizon !
Allez sans contrainte, puisqu'ici la Nature,
Possédant une âme aussi pure,
Que celle du Pays natal,
Eclaire sa pensée au plus libre idéal !
Sous la profondeur bleue aux lumières intenses,
Glissez : fragiles apparences,
En un présent calmé
Dont vos cœurs alanguis sont désaccoutumés.

XXXIV

Février.

Oiseaux noirs,
Qui glissez votre deuil dans la douceur du soir,
Vous traversez comme un scrupule,
Le cœur ensanglanté du calme crépuscule.

Oiseaux noirs !
Lambeaux vivants des désespoirs,
Vous semblez reprocher à l'azur égoïste,
D'être aussi lumineux, quand la Terre est si triste !

XXXV

Février 1916.

Dans le matin lugubre, au lourd voile de brume,
Où les Vivants,
Semblent dans un effacement,
Déjà posthume,
Suivant un traîneau lent, nos soldats ont passé !

AU LOIN

Triste cortège
Dont on ne distingue qu'un courbement lassé,
Qui reprend dans la neige,
Le chemin douloureux que la Mort a tracé ;
Le brouillard immobile et dense,
Ouate de mystère le poignant silence,
Et ces formes dolentes, au pas incertain,
Me paraissent des Ombres suivant leur destin...

. . . .

. . . .

. . . .

Sur les tombes ce soir, le Vent passe en rafale,
Et disjoint les cercueils dans l'ombre sépulcrale,
Spectre au souffle glacé,
Qui soulevant la neige en des remous contraires
La fait monter au ciel, revenant de la terre
Avec l'âme des trépassés.

XXXVI

Février 1916.

Sur la plaine éclatante à la blanche crinière,
Le Soleil qui reluit, comme un bouclier d'or,
Lance dans l'éther bleu de l'aveuglant décor
Un grand cri de Lumière !
Comment peut-on mourir dans cet espace clair,
Lorsque l'éblouissant Hiver
De sa fraîcheur qui purifie
Généreux nous verse la Vie ?

LV.

TABLE DES MATIÈRES

AU LOIN

Edité par R. Helleu et achevé d'imprimer sur les presses de Ch. Corbaz (S. A.), à Montreux, Suisse, le 25 octobre 1916.

Prix : 4 Fr. 50.

www.ingramcontent.com/pod-product-compliance
Ingram Content Group UK Ltd.
Pitfield, Milton Keynes, MK11 3LW, UK
UKHW021006200726
13857UKWH00004B/1312